Sammelsuria

Herzlichen Dank an:

Johanna
„Schürf-Land" war der Name der Ausstellung von Johanna Gundula Eder, die mich am 15.04.2014 inspirierte, Baltasar Sammelsurian, den Ideensammler, zum Leben zu erwecken.

Manuela
Manuela Götzberger hat mir immer wieder meine Entwürfe vorgelesen, korrigiert und mich motiviert, an der Geschichte dran zu bleiben.

Münchner Sporttheater-Ensemble
Geschrieben habe ich die Geschichte für das Münchner Sporttheater-Ensemble, um daraus im April 2015 eine abendfüllendes Sporttheaterstück zu kreieren. Anregungen, die zur Auflösung der Geschichte führten, wurden bei einer gemeinsamen Präsentation der Show-Idee gefunden.

Verena
Mit Verena Kanoldt, alias Frieda Fiedler, habe ich ein kreatives Gegenüber gefunden, um die Geschichte als Theaterstück umzusetzen.

Nina
Nina Hausner zeichnet sich nicht nur für die Illustration dieses Büchleins verantwortlich, sondern spielt auch auf der Bühne die Rolle der Katze Schleckermaul.

Lektorat
Manuela Götzberger und Julia Scharnagel.

Sammelsuria
Eine artistische Welt im Marmeladenglas

Peter Birlmeier

© 2015 Peter Birlmeier

Herstellung und Verlag: BoD – Books on Demand, Norderstedt

Illustrationen: Nina Hausner
Fotografie: Thomas Salzberger
Layout Titelfoto: Claudia Kanoldt

ISBN: 9783734754807

Inhalt

Prolog 6

Girg van Zerrschmed, der Fabrikant 11

Der Ideendieb 20

Baltasar Sammelsurian, der Ideensammler 22

Ein unerwarteter Besuch 31

Frieda Fiedler 36

Der Diebstahl 39

Erste Warenlieferung 41

Zweiter Diebstahl 43

Baltasar in der Stadt 44

Glück im Unglück 49

Girgs Erkenntnis 56

Prolog

„Herzlich Willkommen!
Ich hätte nie gedacht, dass gleich so viele Leute zu meiner ersten Lesung kommen würden.
Ich bin beeindruckt und ehrlich gesagt, ganz schön aufgeregt!

Zur Veranschaulichung habe ich die Bilder der Protagonisten meines Buches aufgehängt. Da sie die Hauptfiguren meiner Geschichte sind, möchte ich über sie ein paar Worte verlieren.

Bei diesem Herrn mit Zylinder habe ich mein ganzes Leben verbracht. Er ist überhaupt der Grund, warum ich heute hier vor so vielen Leuten stehen darf. Und dafür möchte ich <Danke> sagen. Sein Name ist Baltasar Sammelsurian.

Baltasar Sammelsurian, der Ideensammler

Und hier, gleich das Bild daneben, da sehen Sie ein Portrait von Girg van Zerrschmed. Sagen Sie bloß, Sie kennen Girg nicht? Er hatte damals die Einwohner unserer Stadt in eine Art Delirium versetzt. Die Nachwirkungen sind selbst heute noch auf der ganzen Welt zu spüren.

Girg van Zerrschmed, der Fabrikant

Ach ja und dies ist Frieda Fiedler. Stadtbekannte Dame der sogenannten Unterwelt. Mehr möchte ich hier gar nicht sagen, Sie können es sich schon denken.

Frieda Fiedler

Sie fragen sich, warum dieser Rahmen leer ist?

Das ist mein Bilderrahmen. Da sitz´ ich für gewöhnlich drin. Aber heute an diesem Ehrentag wollte ich Sie von hier aus begrüßen. Ach so, mich sieht keiner? Ich bin zu klein? Gut, dann komm´ ich doch mal hoch.

Oh, ich hab´ ja ganz vergessen, mich selbst vorzustellen. Mein Name ist Schleckermaul. Ich bin die Katze, die die Geschichte von dieser <artistischen Welt im Marmeladenglas> aus nächster Nähe miterlebt hat."

Schleckermaul

„Menschen mit einer neuen Idee

gelten so lange als Spinner,

bis sich die Sache durchgesetzt hat."

Mark Twain

Girg van Zerrschmed, der Fabrikant

Es war zu einer längst vergangenen Zeit, als die Welt grau und trist schien. Die Stadt wuchs und wuchs und verdrängte bald das letzte Grün aus *dem Lebensraum der Menschen.*

Man hatte den Eindruck, das ganze Land war nunmehr eine einzige, riesige Stadt geworden.

Das Herzstück dieser Stadt bildete eine weitläufige, aus großen, grauen Hallen bestehende Fabrik. Schornsteine bliesen unablässig den stinkenden Rauch in den trüben Himmel.

Gewaltige Lastwagen transportierten die produzierte Ware in die eigens dafür gebauten Kaufhäuser. Der Umsatz war berauschend. Die Verkaufszahlen konnten jedes Jahr verdoppelt werden. Kam eine Neuerung des Produktes auf den Markt, so standen die Menschen vor den Kaufhäusern stundenlang Schlange.

Egal wo und wann man hinsah - in der Straßenbahn, in der Schule, bei jeder erdenklichen Freizeit - die Menschen hielten ein „Glas" in der Hand und starrten hinein. Was war das für ein Produkt, das die Menschen davon abhielt miteinander zu sprechen, Spaß zu haben, Sport zu treiben? Es war wie eine Art Sucht, die nicht mehr zu stoppen war.

Girg van Zerrschmed, der Besitzer der Fabrik, rieb sich jeden Tag die Hände, denn er sah, wie der Stand seines Bankkontos in ungeahnte Höhen schoss. Sein äußerst erfolgreiches Geschäftsmodell hatte dabei einst ganz klein angefangen:

Er war ein junger Chemiestudent vor seinen ersten Prüfungen gewesen. Um ungestört für das Examen lernen zu können, zog es ihn in den Wald, wo er sich in der einsamen Jagdhütte seines Großvaters den Büchern widmete. Eines Nachts hörte er draußen ein leises Stimmengewirr und seltsame Geräusche. Er erschrak sich zu Tode und hatte fürchterliche Angst, überfallen zu werden. Da erinnerte er sich an die Flinte seines Großvaters, die an der Wand hing. Passende Munition stapelte sich in einem darunter stehenden Schrank. Starr vor Angst war er unfähig, etwas zu tun, nahm dann jedoch wie ferngesteuert das Gewehr und lud mechanisch die Patronen. Die Stimmen kamen näher, die Geräusche wurden lauter, seine Angst wuchs. Er begann sich zu verbarrikadieren und sollte jemand hereinkommen - er würde schießen.

Nach einer Weile nahm er das Gewehr und schlich zur Tür, um zu lauschen. Der Riemen der Flinte löste sich, er trat darauf, stolperte und knallte gegen die Tür. Diese sprang auf, er überschlug sich schier und ein Schuss löste sich.

Hektisches Stimmengewirr, dann ein dumpfes Geräusch, wie wenn ein Glas zu Boden fällt, dann absolute Ruhe. Eine ganze Zeit lag er unbequem, zusammengekauert da, unfähig sich zu bewegen. Allmählich beruhigte sich sein Puls und er blickte vorsichtig auf. Doch er sah niemanden, nur das kleine Haus mit der aufgerissenen Tür und dem Licht, das in die tiefe Nacht drang.

Das Leben im Wald

„Man sieht oft etwas hundert Mal, tausend Mal, ehe man es zum allerersten Mal wirklich sieht."

Christian Morgenstern

Wie lange mag er da völlig erstarrt so gelegen haben? Plötzlich entdeckten seine Augen etwas, das sich im fahlen Licht spiegelte. Er fasste allen Mut zusammen, stellte sich auf seine Füße und schlich in geduckter Haltung zu diesem Etwas. Wenig später hielt er ein Glas, vergleichbar mit einem Einweckglas oder einem Marmeladenglas, in seinen Händen. Er konnte seinen Blick nicht mehr davon lösen...

Zwei Jahre später

Seit dieser einen Nacht war er fasziniert und gleichzeitig wie besessen von der Idee, dem Inhalt dieses Marmeladenglases auf die Spur zu kommen. Als Chemiestudent hatte er Zugang zu den Laboratorien der Universität. Viele Nächte verbrachte er dort, um den Inhalt des Glases zu analysieren. Der dichte Deckel hielt das undefinierbare Etwas im Inneren fest verschlossen. Sah man in das Glas, entstand ein so faszinierendes, buntes Bild, dass es für einen Moment unmöglich war, seinen Blick davon zu wenden. Aber nicht nur das Auge, sondern der ganze Geist wurde erfasst. Die Gedanken begannen sich, wie in einem wilden Karussell, zu drehen. Der ganze Körper wurde von Musik und sich dazu bewegenden Bildern beherrscht.

Was war es nur, das ihn so fesseln konnte? Was war in diesem Glas eingesperrt? Es war ein wenig dickflüssig, jedoch keine Flüssigkeit. Es schien zu entweichen, wenn man den Deckel öffnete, und doch war es kein Gas. Bei jedem Versuch, den Inhalt zu untersuchen, wurde es ein bisschen weniger und auch die Bilder, die im Betrachter entstanden, wurden dabei ein wenig blasser.

Eines Nachts schreckte Girg plötzlich aus tiefem Schlaf hoch und war wie auf Knopfdruck hellwach. Es war eine Idee! In dem Glas war eine Idee konserviert! Ja, das war es!

Es dauerte ein weiteres Jahr, bis es ihm gelang, eine Probe aus dem Glas in einem anderen Glas zu isolieren. Das Bild, das in dem neuen Glas erzeugt wurde, war deutlich blasser als das Original. Es hatte nicht die gleiche Tiefe, die Farben waren fahler und die Bewegungen, die es im Gehirn erzeugte, einfältiger und monotoner. Es war der kreative Touch, der fehlte. Und dennoch war die Wirkung faszinierend und es war schwer, seinen Blick dieser „verdünnten" Idee zu entziehen. Girg war überzeugt, dass sein Glas auch andere Menschen begeistern würde und so beschloss er, seine Entdeckung zu vermarkten. Dies war die Geburtsstunde der "Girg Picturebrain Industry Inc.".

Aus dem Originalglas extrahierte Girg Tausende von Proben, die nun den Markt der Stadt überschwemmten. Die Bilder der ersten Ideengläser waren noch schwarz-weiß, doch je höher der Druck nach neuen Produkten stieg, desto mehr Farbe musste die Idee haben und desto höher war der Verbrauch des Originals. Wie lange würde das Originalglas ausreichen?

Seine Berechnungen waren ernüchternd. Er konnte noch exakt 10.000 Gläser produzieren, dann war der Ideenvorrat verbraucht. Dies wäre dann wohl das Ende der „Girg Picturebrain Industries Inc." gewesen.

Girg im Labor

"Genie ist ein Prozent Eingebung und neunundneunzig Prozent Schweiß."

Thomas Edison

„Die besten Dinge im Leben sind nicht die,

die man für Geld bekommt."

Albert Einstein

Der Ideendieb

Es war in einer regnerischen Nacht. Zwei dunkle Gestalten trafen sich unter einer vor dem Regen schützenden Brücke. Eine Straßenlaterne, auf der eine Katze mit leuchtenden Augen saß, warf ein gedämpftes Licht auf die Personen. Ein dickes Geldbündel wechselte seinen Besitzer. Dann verließen sie in gegensätzliche Richtungen das Geschehen. Der Schal der einen Person rutschte vom Gesicht, als sie die Laterne passierte. Ein Lichtstrahl traf voll ins Gesicht. Der Gesichtszug von Girg van Zerrschmed war für einen Moment deutlich zu erkennen, bevor seine Silhouette in der Dunkelheit verschwand.

„Kreativität: der natürliche Feind der Langeweile. Nichts fürchtet sie mehr."

Peter Rudl, deutscher Aphoristiker

Baltasar Sammelsurian, der Ideensammler

Die Stadt hatte sich über die Jahrzehnte mehr und mehr ausgedehnt. Ein mächtiger Berg im Norden begrenzte jedoch die Bautätigkeiten der Menschen. Das Gelände wurde sehr steil und der Weg hinauf auf den Berg war zu beschwerlich, um dort oben zu wohnen. Die Berghänge waren dicht bewaldet. Die Menschen mieden meist diesen Ort, da er unerschlossen und auch irgendwie unheimlich war. Die Jagdhütte der van Zerrschmeds lag einen 15-minütigen Fußmarsch nördlich der letzten *Ansiedlung entfernt und befand sich damit schon* inmitten des dichten Waldes. Zum Gipfel waren es noch weitere fünf Stunden durch diese unwegsame Gegend. Nur wenige Menschen wagten den Aufstieg.

In einem besonders dichten Waldabschnitt wohnte, abseits der Route zum höchsten Punkt des Berges, ein skurril wirkender, 50-jähriger Mann mit liebevollen Augen. Er lebte in einer gemütlich eingerichteten Blockhütte in völligem Einklang mit der Natur. Sein haarloses Haupt war meist bedeckt mit einem alten Zylinder, den er von seinem Großvater geerbt hatte. Auch von der alten Fliegerbrille, die er stets über den Zylinder gestülpt hatte, konnte er sich nicht trennen, denn im Winter war sie eine oft unerlässliche Hilfe bei Schneestürmen.

Sein Name war Baltasar Sammelsurian.

Baltasar wuchs mit seiner Mutter und seinem kranken Großvater in einer winzigen Wohnung in einem schmutzigen Viertel der Stadt auf. Die Erlöse aus dem kleinen Antiquitätenladen, der den größten Teil der Erdgeschoßwohnung einnahm, konnten die Drei kaum ernähren. Die Miete deckte seine Mutter aus Ersparnissen aus einst guten Zeiten.

Die Sammelsurians waren seit Generationen Sammler. Einst boten sie Raritäten aus der ganzen Welt in ihrem stadtbekannten Laden, im Zentrum der Stadt, an und das Geschäft florierte. In dem Jahr als Baltasar geboren wurde, kehrte sein Vater von einer Reise in den Nahen Osten nicht mehr nach Hause zurück. Sein Schiff, das seine gesammelten Waren in die Heimat bringen sollte, sank mitsamt Besatzung in der stürmischen See vor Haifa.

Die Nachfrage an Kuriositäten und alten Dingen nahm von Jahr zu Jahr ab. Gefragt waren nun moderne Errungenschaften, die das Leben einfacher machten. Elektrisch betriebene Geräte waren in aller Munde und jeder wollte sie haben. Baltasars Mutter konnte den Laden in der Hauptstraße nicht mehr halten. Der Großvater wurde von Tag zu Tag gebrechlicher und war im Laden keine Hilfe mehr. Der Nachschub an Ware fehlte, Kunden blieben aus und die Miete war viel zu hoch.

Als Baltasar sechs Jahre alt war, zogen sie von der teuren Gegend in das kleine Apartment in der Bachgasse. Das Zimmer diente untertags als Laden und nachts als Schlafzimmer für Baltasar und seine Mutter. Der Großvater konnte mittlerweile das Bett seiner kleinen Kammer nicht mehr verlassen und die Mutter pflegte ihn aufopferungsvoll. Baltasars Mutter war keine Geschäftsfrau. Vielmehr hatte sie die Gabe aus Kräutern Essenzen herzustellen, um Krankheiten zu lindern. Die letzten verbliebenen Antiquitäten erwiesen sich als Ladenhüter. Die Kräutertees und Medikamente, die sie nun anbot, sicherten Ihnen jedoch das Überleben. Zuerst waren Baltasar und seine Mutter regelmäßig gemeinsam in den Wald gegangen, um Beeren, Pilze, Kräuter und Wurzeln zu sammeln. Nach einigen Jahren war er jedoch so sachkundig, dass er alleine loszog und immer tiefer in den Bergwald vordrang, um dort wertvolle Ingredienzien für die Medikamente zu ernten. Fern der Hektik der Stadt fühlte sich Baltasar im Wald geborgen. Viele Stunden verbrachte er dort und erkannte welche unglaublichen Schätze man in der Natur finden konnte.

Von ihren Freunden war nach dem gesellschaftlichen Absturz der Familie nicht mehr viel zu hören. Vielmehr wurde getuschelt, wie peinlich es doch sei, dass die einst wohlhabenden Sammelsurians nun im Glasscherbenviertel der Stadt wohnten.

Als der Großvater starb, waren die Reserven durch die hohen Arztrechnungen und die Miete beinahe aufgebraucht. Eine gewaltige Wirtschaftskrise erschütterte das Land. Die Menschen sparten, wo es nur ging. Die Winter waren hart und es wurde nur dann die Kohle im Ofen angezündet, wenn die Kälte nicht mehr zu ertragen war. Darunter litt die Gesundheit von Baltasars Mutter erheblich. Die Sorgenfalten um Baltasars Zukunft gruben sich immer tiefer in ihr Gesicht. Die Rechnungen für Verpflegung, Kohle und Miete nahmen keine Rücksicht auf die schwierige Situation der Beiden.

Es war ein besonders kalter Wintertag. Baltasar erwachte und wusste, dass heute sein 16. Geburtstag war. Er entfachte Feuer im Ofen, um das Teewasser zu erhitzen und machte ein kleines Frühstück zu Recht. Dann ging er zum Bett seiner Mutter und rief: „Aufstehen, das Geburtstagsfrühstück ist fertig!" Bei diesen Worten wurde sein Atem in der kalten Raumluft zu weißen Wölkchen. Seine Mutter reagierte nicht! Darum beugte er sich über sie, rief noch einmal seinen Weckruf und streichelte dabei über ihr Gesicht. Doch dieses war eiskalt und er wusste, seine Mutter würde nie wieder erwachen.

Alle Nachbarn waren so sehr mit ihren eigenen Sorgen beschäftigt, dass sie von Baltasars Trauer und Not keine Notiz nahmen. Bei der armseligen Beerdigung stand er allein am Grab seiner Mutter. Enttäuscht von den Mitmenschen und der Gewissheit, dass ihn Niemand vermissen würde, nutzte er nun den milden

Frühling, um die anonyme, laute Stadt zu verlassen.

Baltasar wusste, dass seine neue Heimat der Wald, fern seinem bisherigen Zuhause sein würde.

Mit jedem Jahr, das er im Wald verbrachte, wurde er mehr und mehr selbst ein Teil dieser eigenen Welt. Die Wesen des Waldes begannen, sich ihm zu zeigen. Baltasar hatte schon oft sein Wissen um die Heilkunde mit ihnen geteilt und bald war er einer, der voll zu ihnen gehörte. Es waren nicht nur die Tiere, die zutraulich wurden, sondern auch Geschöpfe, die der Menschenwelt normalerweise verborgen blieben. Die Waldelben und Waldfeen, Silberhörner, Tauren und andere Wesen des Waldes hatten ihn längst in ihren Ältestenrat berufen, um seine geschätzte Meinung in ihren Entscheidungen zu berücksichtigen.

Aurus, Mitglied des Ältestenrats

„*Nur der ist weise, der weiß, dass er es nicht ist.*"

Sokrates

Es war ein Geben und Nehmen und so lernte Baltasar viele Fähigkeiten, die in der Menschenwelt unbekannt waren. Eine besonders Nützliche war das Konservieren von Ideen. Im Laufe der Jahre wurde er ein wahrer Meister darin.

Baltasar war durch und durch ein Sammler. Nichts wurde weggeworfen. denn alles was er fand, könnte er ja irgendwann gebrauchen. Auf seinen täglichen Streifzügen fand er oft den Abfall der Menschen, die sich in den Wald verirrt hatten. Er verstaute die Fundstücke in einem alten Rucksack und schaffte sie in seine Hütte, wo sie säuberlich aufbewahrt wurden und nicht selten in frischem Glanz eine völlig neue Anwendung fanden.

Immer, wenn er von einem Gegenstand, von einer Gegebenheit besonders fasziniert war, oder von einem Wesen des Waldes inspiriert wurde, nahm er sich ein leeres Marmeladenglas und konservierte darin seine neue Idee.

Das so entstandene „Sammelsuria" verschloss er fest mit einem Deckel.

Zu jeder Zeit konnte er somit seine Gedanken und die dazugehörigen Bilder ansehen und keine seiner außergewöhnlichen Ideen würde verlorengehen. Dazu hatte er sich eine Art Regal oder vielmehr einen großen Setzkasten gebaut, in dem sich neben- und übereinander die Gläser stapelten und wie eine große Komposition ein einzigartiges Bild ergaben.

Baltasars Hütte

„Raum, Feuer, Wasser, ein Willkommen

und freundliche Worte

mangeln niemals in dem Hause

eines guten Menschen."

aus Indien

Ein unerwarteter Besuch

Es war eine kalte Winternacht. Ein Schneesturm heulte um Baltasars Hütte. Er saß in seinem Schaukelstuhl und wippte monoton hin und her. Seine Katze Schleckermaul schnurrte auf seinem Schoß. Das Kaminfeuer erhellte den Raum und eine wohlige Wärme breitete sich aus. Der Wind, das Knarzen des Holzbodens und das Knistern des Feuers waren für seine Ohren wie eine Symphonie - eine Musik, die noch nie zuvor ein Mensch zu hören bekommen hatte. Bilder formten sich in seinem Kopf. Aus einem Socken, den er einst im Wald gefunden hatte, wurde ein langes, weißes Tuch, das hoch oben in den Ästen befestigt war und bis zum Boden reichte. War es ein Eichhörnchen, das problemlos das senkrechte Tuch hinauf huschte? Nein, es war ein feenähnliches Wesen von anmutiger Schönheit, das sich in das Tuch wickelte, halsbrecherisch gen Boden stürzte, um nur Zentimeter vor dem Aufprall vom Tuch gebremst zu werden. Wieder stieg es hoch hinauf, knotete und hing an einem Fuß kopfüber. Seine Beweglichkeit und die Eleganz der Bewegungen waren unbeschreiblich. Baltasars Augen waren geschlossen. Er griff nach dem Glas auf dem Beistelltisch, schraubte den Deckel ab und es war, als ob er dem Glas Leben einhauchte. Seine ganze Phantasie von einem Tanz in hoher Luft mit all den Klängen, dem Tuch und der akrobatischen Fee landete in dem Marmeladenglas. Er öffnete die Augen, nahm sich den Deckel und schwupps! – war die Idee in dem Glas gefangen. Baltasar begutachtete das Glas, drehte es mehrere Male. Ein verschmitztes Lächeln lag auf seinem Gesicht. Er war sehr zufrieden.

Plötzlich pochte es laut gegen die Tür. Schleckermaul erschrak, sprang vom Schoß und fauchte gefährlich. „Wer kann das nur sein, mitten in der Nacht bei diesem Unwetter?" Baltasar ging zur Tür, schob den Riegel zur Seite und öffnete.

Er traute seinen Augen nicht. Da stand ein Mensch!

Es war ein halb erfrorenes Häufchen Elend. Die vereiste Mütze war tief ins Gesicht gezogen und verschwand beinahe im hoch geschlagenen Kragen des Mantels, der vom Schnee bedeckt war. Der Körper des unbekannten Besuchers zitterte vor Kälte. Er war nicht fähig zu sprechen, denn die Zähne klapperten unaufhörlich. Er verdrehte die Augen und brach ohnmächtig zusammen.

Baltasar erkannte die Notlage, streckte seine Arme aus und konnte nur mit Mühe den in sich zusammensackenden Körper auffangen. Er schleifte den halb erfrorenen Menschen in die rettende Stube und verschloss die Tür.

Baltasar Sammelsurian rückte einen Sessel vor das wärmende Feuer, befreite den Erfrierenden von dem vereisten Mantel und hievte ihn darauf. Als er den fest um den Hals geschlungenen Schal und die Mütze abgenommen hatte, erkannte er zu seiner Überraschung die Konturen einer Frau.

Die dicke Felldecke, ein wärmendes Fußbad in einer dampfenden Schüssel und nicht zuletzt sein legendärer Kräutertee weckten die Lebensgeister der unbekannten Besucherin.

Als das attraktive Mädchen wieder auf den Beinen war, ihm für alles dankte und sich auf den Heimweg machen wollte, erwachte in Baltasar der Gentleman.

„Nein, in Ihrem Zustand und bei diesem Unwetter, das kann ich nicht verantworten. Sie bleiben hier, ruhen sich aus und Morgen sehen wir weiter."

Baltasar akzeptierte keinen Widerspruch, bereitete eine Bettstatt und kochte eine stärkende Gemüsesuppe.

Der unerwartete Besuch

„Die Spinne spinnt den Faden,

der dich umwickelt

und zur Marionette werden lässt."

Frieda Fiedler

Am nächsten Morgen verwandelte die Sonne den Wald in eine glitzernde Märchenlandschaft. Baltasar öffnete die Fenster seines Schlafzimmers und lies die erfrischende Luft hinein.

Als er in den Wohnraum kam, um den Tee aufzusetzen, stand das Mädchen wie angewurzelt vor dem großen Regal und hielt ein Sammelsuria in ihrer Hand.

Ihr Blick war tief in das Glas versunken und sie nahm keine Notiz von Baltasar.

Erst sah sie nur Bäume, viele Bäume, wie sie Reih und Glied im Wald standen. Sie befand sich inmitten des Waldes. Der Wind wiegte die langen Stämme und lies sie zusammenstoßen. Klack, klack ….

Dann entdeckte sie einen Ast, an dem eine Schaukel hing. Zwei kleine Waldelfen saßen darauf und spielten. Es war schon spät und eigentlich sollten sie lange schon schlafen. Daran war jedoch nicht zu denken, denn die Bettdecke war herunter gefallen. Der Wind spielte eine Melodie und sie bewegten sich dazu in entzückender Anmut, um wieder an ihre Zudecke zu kommen. Ständig entstanden neue Formen und Figuren. So etwas hatte Frieda Fiedler noch nie gesehen.

„Ähm, Ähm", räusperte sich Baltasar, um auf sich aufmerksam zu machen, „darf ich Ihnen Tee und frisch gebackenes Brot zum Frühstück anbieten?"

Das Mädchen erschrak, blickte zu Baltasar und stellte das Glas peinlich ertappt an seinen Platz zurück.

„Oh, Entschuldigung, gerne."

Nach dem Frühstück bedankte sich Frieda für die Gastfreundschaft und hatte es eilig, wieder nach Hause zu kommen. Schnell war der inzwischen getrocknete Mantel um ihre Schultern geschwungen und die Hände schüttelten sich zum Abschied, als Schleckermaul auf Friedas Arm sprang, fauchte und sie an der Hand kratzte.

„Aua!"

„Schleckermaul! Was war denn das? Entschuldigen Sie bitte, so kenn´ ich sie gar nicht!"

„Oh, das macht nichts", entgegnete Frieda, setzte sich die Mütze auf und war bald im dichten Wald verschwunden.

„Eine gute Idee erkennt man daran,

dass sie geklaut wird."

Gerd Uhlenbruck

Der Diebstahl

Der nächste Morgen war wie jeder Morgen. Baltasar kochte Wasser für den Tee, goss Milch in die Schale für Schleckermaul, schnitt das Brot, stellte das Marmeladenglas auf ein Brett und trug es zum Tisch im Wohnzimmer.

Er begann zu frühstücken, doch wo war Schleckermaul? Die Katze war nicht wie gewohnt an ihrem Frühstücksplatz, um ihre Milch zu trinken.

Er blickte um sich herum, „Schleckermaul, Frühstück!" – Doch es kam keine Reaktion.

Er stand auf, drehte sich einige Male suchend um seine Achse, als die Katze sich plötzlich maunzend vor ihm aufbaute. „Was hast du denn?" Er folgte ihrem Blick und sah auf die Sammelsuria-Sammlung. Ja, eindeutig, da fehlte ein Glas.

Der Ideendiebstahl

Erste Warenlieferung

Girg stand wie gewohnt in seinem Laboratorium, um bis spät in die Nacht zu arbeiten. Er erschrak ganz fürchterlich, als Frieda plötzlich hinter einer Apparatur hervortrat.

„Haben Sie mich erschreckt! Können Sie nicht wie jeder anderer Besucher an der Tür läuten? Haben Sie die Ware?"

Sie holte das Sammelsuria aus ihrem Mantel hervor und Girg war sofort wie hypnotisiert. Seine Hand streckte sich aus und wollte das Glas ergreifen, doch Frieda zog es zurück und steckte es wieder in den Mantel.

„Es war schwieriger zu bekommen, als ich dachte. Der Preis hat sich daher leider verdoppelt."

„Wie verdoppelt? Nein, ich habe schon bezahlt und nicht gerade wenig. Das Glas gehört mir!"

„Oh, jetzt hat er sich sogar verdreifacht!"

Frida drehte sich um und machte Anstalten zu gehen.

Nervös öffnete Girg den Safe, holte ein dickes Bündel Scheine heraus und lief Frieda hinterher.

Die konnte ein verschmitztes Lächeln nicht unterbinden, griff nach dem Geld und stellte das Glas auf den Labortisch.

„Bringen Sie mir morgen noch ein Glas und ich zahle Ihnen das Vierfache!"

Frieda blieb wie angewurzelt stehen, dachte kurz nach, kratze sich an der Stirn und meinte: „Ich bringe Ihnen morgen sogar fünf Gläser. Der Preis dafür ist allerdings die Formel. Die Formel, wie man den Inhalt der Gläser vervielfältigen kann."

„Warum sich selbst abmühen, etwas zu erschaffen, wenn man es sich an jeder Ecke einfach nehmen kann."

Zweiter Diebstahl

Als Frieda eine Woche später gegen 3 Uhr morgens um die Blockhütte schlich und alles dunkel und friedlich vorfand, wusste sie nicht, dass Schleckermaul auf der Lauer lag. Die Katze zerrte an Baltasars Bettdecke, der sofort hellwach war. Durch den Schlitz der Schlafzimmertür konnten die Beiden ins Wohnzimmer spähen und zusehen, wie die Einbrecherin ins Haus gelangte, fünf Gläser in ihrem Rucksack verstaute und lautlos den Rückweg antrat.

Hehler Ware

„Nichtstun ist besser als mit

viel Mühe nichts schaffen."

Laotse 6. Jhd. v. Chr. Chinesischer Philosoph

Baltasar in der Stadt

Für Baltasar würde es das erste Mal seit 34 Jahren sein, dass er wieder einen Fuß in die Stadt setzte. Damals, als er die Stadt verlassen hatte, war sie für ihn zu laut und zu hektisch gewesen. Sie war unnatürlich bunt, und übertrieben grell. Er wollte sich alldem entziehen.

Schleckermaul und Baltasar waren Frieda in gebührendem Abstand gefolgt. Als sie den Waldrand erreichten, dämmerte es bereits. Die Geschäfte der Stadt erwachten und die Einwohner eilten zu ihren Arbeitsstellen.

Das was Baltasar nun sah, erschütterte ihn bis ins Knochenmark.

Er überlegte, ob etwas mit seinen Ohren nicht stimmte, denn es war muchs Mäuschen still.

Selbst die ehemals so laute Musik des Rummelplatzes war verstummt. Kein Karussell bewegte sich, der ganze Platz war verweist. Er konnte seinen Augen nicht trauen, denn die Stadt und auch die Menschen waren farblos. Monoton bewegten sie sich wie ferngesteuert hin und her, den Blick fest auf ein Glas in ihren Händen fixiert. Ein Glas? Ja, es war ein Glas, wie eines aus seiner eigenen Sammlung.

Er stand inmitten der Stadtbewohner, doch diese schienen ihn gar nicht wahrzunehmen. Er grüßte, versuchte eine Frage zu formulieren, stellte sich den Menschen in den Weg, doch egal, was er versuchte, es führte zu keiner Reaktion.

Erschüttert rannte er durch die Straßen, um Leben, wie er es kannte, zu entdecken. Dann standen Schleckermaul und er plötzlich vor einem riesigen Kaufhaus.

„PICTUREBRAIN MEGASTORE" stand in großen Lettern über der Eingangstür, vor der sich eine lange Menschenschlange gebildet hatte.

Jetzt, wo die Menschen in der Schlange standen und alle in ihr Glas starrten, konnte er selbst einen Blick in die Gläser erhaschen. Das was er da sah, war eine Idee von ihm, die er vor Jahren dem Ältestenrat zum Neujahrstreffen geschenkt hatte. Nur diese Idee war wie verdünnt, total verblasst, ohne Dynamik. Jeder Wartende in der Schlange hatte das exakt gleiche, sich bewegende Bild im Glas.

Schleckermaul drängelte sich durch die Beine der vielen Menschen zum Tresen des Megastores, schnappte sich einen der dort ausliegenden Flyer und kehrte zu Baltasar zurück.

„PICTUREBRAIN, brand-neue Version 2.0!

Noch handlicher, aufregender, fesselnder, ein absolutes Muss, so ist Dein Alltag gerettet!", las Baltasar in Gedanken. Darunter war das Bild eines etwas flacheren Glases. Darin waren die Konturen einer Schaukel zu erkennen, auf der zwei Waldelfen saßen und sich um eine Decke stritten.

„Das ist meine Idee, die mir vor einer Woche gestohlen wurde", schoss es wütend durch Sammelsurians Kopf.

Baltasar wäre am liebsten in den Laden gelaufen und hätte alles kurz und klein geschlagen.

Schleckermaul zerrte ihn jedoch energisch am Hosenbein, so dass er seinen Plan aufgab und sich mit seiner Katze auf den Bürgersteig setzte.

Er beruhigte sich wieder und dachte nach. Irgendwer kopiert meine Ideen und wirft diese massenhaft auf den Markt. Die Besitzer der Gläser werden in eine Scheinwelt gezogen, nach der sie quasi süchtig werden. Schließlich verbringen sie ihre ganze Zeit damit, in dieses Glas zu starren. Und das Schlimmste dabei ist, sie reden nicht mehr miteinander, verlieren ihre eigene Kreativität und werden selbst völlig ideenlos.

*Girgs Fabrik mit seinem Megastore
inmitten der Stadt*

„Erkenntnis entsteht durch den Mut Anderer,

einem den Spiegel vorzuhalten."

Glück im Unglück

Als die Beiden so am Straßenrand saßen und darüber sinnierten, wie sich die Stadt auf sonderbare Weise verändert hatte, kamen zwei lebende Litfaßsäulen an ihnen vorbei. Es waren ein Junge und ein Mädchen, die von Kopf bis Fuß mit Werbung zugepflastert waren. Sie trugen zwei feste Kartons über ihren Schultern, die mit einem Band verbunden waren. Darauf klebten Plakate mit Aufschriften wie: „Zu teuer gibt es nicht. Lebe Deinen Traum heute und nicht morgen. Die Picturebrain Kreditbank ist die Lösung Deiner Sorgen." oder „Kaufe jetzt! Picturebrain Version 2.0, nur solange der Vorrat reicht!" An beiden Armen hielten sie Schilder, die den Weg zum Picturebrain Megastore wiesen. Erst jetzt entdeckte Baltasar, dass an jeder Ecke der Stadt Wegweiser zum Megastore angebracht waren. Die übermächtige Werbung verfehlte ihre Wirkung nicht. Wie durch einen Magneten angezogen, hatte sich eine ganze Gruppe von

Menschen gebildet, die in circa hundert Meter Entfernung diesem Werbeaufruf blind folgte und direkt auf Baltasar und Schleckermaul zusteuerte. Blind waren sie deswegen, weil alle unaufhörlich in die Gläser der alten Version 1.0 starrten, angetrieben von der Gewissheit, schon bald die Neue in ihren Händen zu halten.

Die beiden wandelnden Werbeschilder überquerten die Straße. Von dort waren es nur noch wenige Schritte bis zum Megastore. Erst schauten Baltasar und Schleckermaul kopfschüttelnd den beiden Werbeträgern nach, dann erblickten sie die Menschengruppe, die nun ebenfalls begann, die große Straße zu überqueren.

Das Horn, des mit hoher Geschwindigkeit heranbrausenden Lasters, lärmte in den Ohren der Beiden. Bei der Menschengruppe zeigte sich jedoch keine Reaktion.

Baltasar sprang auf, lief vor die Gruppe, die nun schon mitten auf der Straße stand und fuchtelte wild mit seinen Armen. Die Hupe des LKWs war nun bedrohlich nah. Baltasar stieß die vorderen Menschen zurück, worauf diese über die hinteren stolperten und stürzten.

Das gellende Quietschen einer Vollbremsung lag in der Luft, als Schleckermaul mit einem spektakulären Sprung gegen Baltasar diesen aus der Gefahrenzone bugsierte.

Der Gummi von blockierenden Rädern radierte über den rauen Asphalt und erzeugte einen widerlich stechenden Geruch. Der Lastkraftwagen verlor die Kontrolle und geriet ins Schleudern. Ein dumpfer Schlag, eine Scheibe splitterte, dann war nur noch das Zischen von entweichendem Kühlwasser zu hören.

Baltasar rappelte sich auf und schaute auf die Straße.

Sein Atem stockte, sein Blut gefror zu Eiswasser. Was dort vor dem quer stehenden LKW lag, war Schleckermaul.

Er rannte zu seiner Katze, strich über ihren Kopf, doch keine Reaktion. Dann erst sah er die große Lache Blut.

Die von der Straße gestoßenen Menschen hatten sich zwischenzeitlich wieder gesammelt und hektisch die Gläser in ihre Blickposition gebracht. Durch die Gläser blickten sie kurz zur toten Katze, nahmen jedoch gleich wieder den

Weg zu ihrem definierten Ziel auf und waren bald in Richtung Megastore verschwunden.

In tiefer Trauer nahm Baltasar Schleckermaul in seine Arme und trug sie zu einer Parkbank auf der gegenüberliegenden Straßenseite. Behutsam legte er sie auf die Sitzfläche, streifte seinen Mantel ab und deckte sie damit zu. Ein letztes Mal streichelte er über ihre weichen Ohren, verschloss ihre weit aufgerissenen Augen und zog den Mantel über ihren Kopf.

Absolute Leere überkam ihn. Er hatte seine treue Gefährtin verloren und damit wurde ihm das Wichtigste genommen, das er hatte. „Warum sie und nicht ich, das macht doch alles keinen Sinn." Er entfernte sich einige Schritte, dann sackte er unter Tränen zusammen.

Irgendetwas raschelte hinter der Parkbank. Ein Schatten huschte zu Baltasar und packte ihn am Hosenbein. Als Baltasar endlich aufsah, erblickte er eine kleine Katze, die am Hosenstoff zerrte. Er konnte seinen Augen kaum trauen, denn dieses Kätzchen sah genauso aus wie Schleckermaul, nur viel kleiner.

Er eilte zur Bank und zog den Mantel weg. Die tote Katze war verschwunden!

„Bist du es, Schleckermaul?", fragte er ungläubig. Die Katze umgarnte ihn, wie Schleckermaul es immer getan hatte. „Ja, es stimmt wohl. Katzen haben sieben Leben!" Die Gesichtszüge von Baltasar lichteten sich und langsam verschwand der tiefe Schmerz.

Schon bald begann die kleine Schleckermaul mit den Glasscherben zu spielen, die von dem LKW-Unfall stammten. Auch Baltasar hob eine Scherbe auf, betrachtete sie und sah darin sein Spiegelbild.

Die zwei ersten Menschen, welche die Version 2.0 in den neu designten Gläsern vor sich hertrugen, kamen vom Megastore zurück und setzten sich auf die Parkbank. Hier konnten sie in aller Ruhe intensiv das Glas betrachten.

Baltasar und Schleckermaul drehten ihre Köpfe zu den Glasguckern und schauten sich dann in die Augen. Beide hatten scheinbar die gleiche Idee.

Ein jeder nahm eine Glasscherbe auf und ging zur Rückseite der Parkbank hinter die beiden Stadtbewohner, die in ihr Glas starrten und die reale Welt nicht mehr wahrnahmen. Von Hinten griff Baltasar an jedes der Gläser, öffnete es und steckte jeweils einen Spiegel hinein.

Erst schien nichts zu passieren. Doch dann veränderten sich die Gesichtszüge der beiden Personen. Es war, als ob sie sich selbst erkennen und allmählich begreifen würden, dass sie völlig isoliert von der Außenwelt in ein eigenartiges Glas starrten.

Als die Beiden das erste Mal hochsahen, erschraken sie als sich ihre Blicke trafen. Hatten sie doch gar nicht gemerkt, dass da jemand neben ihnen saß.

Sie nickten sich schüchtern zu, dann sprachen sie miteinander und es war schön. Bald wurde das Gesagte zu einer Melodie und sie begannen sich, im Takt zu bewegen.

Baltasar und Schleckermaul betrachteten aus der Ferne, wie wieder Leben in die Menschen zurückkehrte und hatten schon die nächsten Scherben aufgehoben, um sie in weitere Gläser zu stecken.

*Schleckermaul,
Katzen haben sieben Leben.*

„Der Versuchung zu widersagen,

ist ein Stück Freiheit."

Girgs Erkenntnis

Was für ein Alptraum! Schweißgebadet schreckte Girg hoch und saß senkrecht in seinem Bett.

Überall um ihn herum waren diese Wesen, die wie Vampire seine Ideen aus ihm heraussaugen wollten. Der Traum verfolgte ihn den ganzen Tag.

Girg stand am Fenster seiner Villa, die auf einem sanften Hügel am Rande der Stadt lag. Von hieraus konnte er das Treiben im Zentrum gut beobachten. Seit der geheimnisvolle Baltasar Sammelsurian vor wenigen Tagen aus dem Wald aufgetaucht war, hatte sich das Antlitz der Stadt stark gewandelt. Sie war richtiggehend zu neuem Leben erwacht. Die Menschen begegneten sich auf den Straßen und Plätzen, keiner hatte Lust nach Hause zu gehen. Sie verbrachten den ganzen Tag miteinander, um zu diskutieren, zu spielen, zu tanzen und Neues auszuprobieren.

Selbst der Rummelplatz, dem die Stadtbewohner keine Beachtung mehr geschenkt hatten, wurde wieder herausgeputzt. Plötzlich bildeten sich nicht wie gewohnt am Megastore, sondern am Kettenkarussell Menschenschlangen für eine tollkühne Fahrt. Der Verkaufsumsatz der Ideengläser ging stark zurück. Girg stellte fest, dass auf den Gesichtern der Stadtbewohner ein zufriedenes Lächeln lag. Erst jetzt wurde ihm bewusst, wie sich in den vergangenen Jahren durch die Vermarktung seiner Ideengläser schleichend eine lähmende Starre in der Stadt ausgebreitet hatte. Eine Ahnung stieg in ihm auf. Zuerst verursachte die Erkenntnis einen tiefen Stich in seinem Inneren. Denn er wusste: Dies war nun das Ende der „Girg Picturebrain Industry!" Doch gleichzeitig verspürte er einen großen Frieden, den er seit seiner Studentenzeit nicht mehr erlebt hatte. Damals war er selbst noch jeden Tag mit seiner Forschungsgruppe im Labor gestanden, hatte mit Freude experimentiert und gemeinsam mit den Anderen neue Ideen entwickelt. Das wiedererwachte Leben in der Stadt erschien ihm nun kostbarer, als sein geplanter Reichtum - es durfte nicht mehr gestört werden. Nur eine Sorge beschäftigte ihn noch. Er dachte an Frieda Fiedler, die sich mit den gestohlenen

Sammelsuria-Gläsern in einem Versteck außerhalb der Stadt aufhielt und auf ihre Chance wartete. Nachdenklich betrachtete er das Glas mit der Formel, das ganz oben in seinem Regal stand. Es enthielt die größte Idee, die er selbst bislang in seinem Leben hatte und die ihn zu großem Wohlstand führte.

Zielstrebig ging er mit dem Glas in der Hand die Treppe hinab in sein altes, verstaubtes Labor im Keller der Villa. Er entzündete ein Streichholz und ohne zu zögern warf er es in das Glas. Die Papierrolle mit der Formel ging sofort in Flammen auf.

Das Ende der Girg Picturebrain Industry

„Die größten Menschen sind jene,

die anderen Hoffnung geben können."

Jean Jaurès

-ENDE-